El verdadero nombre de Dr. Seuss era Theodor Geisel.
En los libros que escribía para que fueran ilustrados
por otros, usaba el nombre de Theo. LeSieg,
que es Geisel deletreado al revés.

Visit us on the Web!

Seussville.com

rhcbooks.com

Educators and librarians, for a variety of teaching tools, visit us at RHTeachersLibrarians.com

Library of Congress Cataloging-in-Publication Data is available upon request.

ISBN 978-1-9848-3110-1 (trade)—ISBN 978-0-593-42541-1 (lib. bdg.)

MANUFACTURED IN CHINA

10 9 8 7 6 5 4 3 2 1

First Edition

QUIERO TENER PIES DE PATO

Dr. Seuss*

*Escrito como
Theo. LeSieg

Ilustraciones de B TOBEY.
Traducción de Iraida Iturralde

BEGINNER BOOKS®
Una división de Random House

Quiero
tener pies de pato.
Y te diré la razón:
salpico cuando camino
y me doy un chapuzón.

Quiero tener pies de pato

y andar siempre muy descalzo.

¡Adiós a todo calzado!

Sabrá el zapatero al verme

que para mí no hay zapatos.

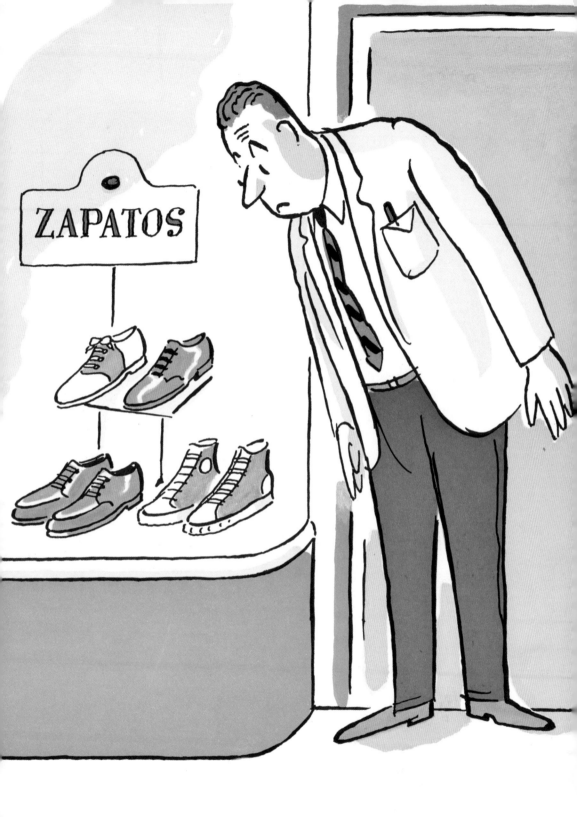

Si tuviera pies de pato,
diría al grandote Tomás:
—¡TÚ no tienes pies de pato!
Mira los míos. ¡No hay más!

Qué divertidos serían
para jugar en el lago.
Ningún otro de los niños
podría hacer lo que yo hago.

PERO…

Mi mamá se enfadaría.

—¡Sal de aquí, niño latoso!

Estás empapando el piso

con esos pies tan patosos.

»No vuelvas a entrar en casa
con pies de pato. ¡JAMÁS!
POR ESO...
Aunque quiera pies de pato,
no los tendré nunca más.

POR ESO...

En vez de unos pies de pato,

otra idea me interesa...

¡Ya sé!

¿Lo ves?

Ahora quiero:

¡dos cuernos en la cabeza!

13

Con dos cuernos de venado
lo pasaría genial.
Podría ponerme
diez gorros
y Tomás uno, no más.

Serían

mi gran defensa

cuando agarre la pelota.

¡Nadie podría alcanzarme

por miedo a mi cabezota!

En los cuernos llevaría
muchos libros y papeles,
a la maestra, manzanas,
también plumas y cordeles
¡y otras mil cosas variadas!

PERO…
Con mis
cuernos de venado
ni a la escuela
llegaría.

En bus sería imposible,
¡por la puerta no entraría!

Y POR ESO...

Unos cuernos de venado

no es una idea muy buena.

Ahora quiero en la cabeza

¡el chorro de una ballena!

En los días
calurosos
chorrearía agua pura.

—¡Gracias! —diría

mi maestra—.

Das a la escuela frescura.

Jugar tenis en verano

para mí sería una brisa.

Al grandote de Tomás
le daría una paliza.

PERO...

Mamá me regañaría,

me diría con enfado:

—¡No en la casa!

¡Apaga eso!

Lleva ese chorro a otro lado.

Me lo diría bien claro:

—¡No más chorreadas aquí!

Y si mamá

ordena algo,

más vale hacerlo, ¡ESO SÍ!

Y POR ESO...

No quiero tener un chorro.

Ser ballena no me agrada.

Creo

que mejor sería

tener

una cola *laaaarga*.

Una cola, bien, bien larga.

Será para mí un gran logro.

Así mostraré

a los niños

¡saltar cuerda de otro modo!

Con una cola bien larga
esta sería mi meta:
halar niñas calle abajo
mientras monto en bicicleta.

Quiero que sea muy larga,
voy a decirte por qué:
para matar a una mosca
volando incluso a diez pies.

Y mi maestra, sonriendo,
seguramente diría:
—Matarla desde tan lejos
otro niño no podría.

PERO…

Al ver mi cola tan larga,

ya Tomás, sin vacilar,

a un árbol me amarraría.

¡Lo sé!

¿Luego cómo iba a bajar?

Amarrado con mi cola

no sería nada feliz.

Cuanto más lo pienso… ¡NO!

La cola no es para mí.

Y POR ESO…

Si no puedo tener cola,

tendré una larga nariz,

como la de un elefante.

¡Será una nariz sin fin!

Quiero que sea muy larga

para que nada me impida

ir y alcanzar

cualquier cosa

aunque quede muy arriba.

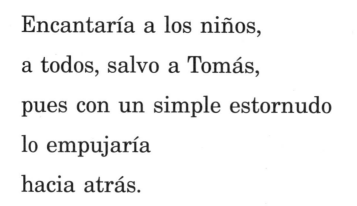

Encantaría a los niños,
a todos, salvo a Tomás,
pues con un simple estornudo
lo empujaría
hacia atrás.

¡Ya sé!

¡Ayudaría a los bomberos!

Mi nariz serviría bien

para apagar por la noche

muchos fuegos... ¡Hasta cien!

¡Las muchas cosas que haría!,
cosas nunca hechas por nadie.
Y todos exclamarían:
—¡Qué nariz! ¡Impresionante!

47

PERO...

Al ver mi nariz tan larga,

Papi lo tomaría mal,

¡me haría lavar el carro,

la casa y el ventanal!

Todo el día me tendría
lavando con mi manguera.
Una nariz tan, tan grande
es lo que menos quisiera.

BUENO…

Creo que voy a pensarlo.

Todo esto es un enredo.

Así que ahora yo quiero…

quiero… quiero…

¿Qué es lo que AHORA deseo?

¡Ya sé!

¡Ahora sí sé!

¡Esto me va a salir bien!

¡QUIERO TENER TODO ESO!

¡Lucir como un Qué-Cuál-Quién!

Si yo fuera un Qué-Cuál-Quién,
por el aire saltaría,
y chapoteando
y chorreando
¡a la gente asustaría!

55

PERO...

A todos alarmaría

un niño así, tan travieso,

y vendría la policía

para llevarme a mí preso.

Me encerrarían en el zoo
con cuernos, nariz y pies.
Solo heno
en todo el día
me darían de comer.

LEÓN

Me sentiría muy triste
cuando viniera la gente.
POR ESO...
No creo
que un Qué-Cuál-Quién
resulte muy conveniente.

Y POR ESO...

Hay cosas

que no quisiera

ser nunca a partir de hoy.

Desde ahora

en adelante

quiero ser tal COMO SOY.

5